글벗시선 90 송연화의 다섯 번째 시집

나의 사랑
나의 인생

송연화 지음

도서출판 글벗

■ 송연화 시인

· 강원도 원주 거주
· 글벗문학회 회원
· 글벗문학회 자문위원
· 한국문학동인회 이사
· 첫 시집 『돛단배 인생』(2018)
  두 번째 시집 『아름다운 동행』(2018)
  세 번째 시집 『하얀 설원의 뜨락』(2019)
  네 번째 시집 『그리움은 별이 되어』(2019)
  다섯 번째 시집 『나의 사랑 나의 인생』(2019)

나의 사랑
나의 인생

송연화 다섯 번째 시집

머리글

나의 사랑, 나의 인생

2018년 5월에 첫 시집 『돗단배 인생』을 낸 후에 열심히 창작에 몰두하여 어느덧 다섯 번째 시집 『나의 사랑 나의 인생』을 출간하게 되었습니다.

더불어 연천에 '종자와 시인박물관(관장 신광순)'에 졸시인 『꽃물』이 시비 건립 작품으로 선정되는 영광도 있었습니다.

따스한 마음으로 글을 나누는 글벗을 만난 덕분입니다. 그분은 나를 관심으로 배려하고 글 나눔을 통해서 진정한 배움이 일어날 수 있도록 이끌었고 마침내 제겐 성장이 있었습니다.

아름다운 글로 행복을 만나는 순간, 무엇보다 가족과의 사랑이 가장 으뜸이겠지요. 그리고 또 다른 아름다운 동행은 바로 글벗과의 만남이라고 할 수 있습니다.

왜냐하면 제 삶에 대한 따뜻한 관심과 응원을 해주신 글벗을 만날 수 있었기에 오늘의 제가 성장할 수 있었기 때문입니다.

현시대는 홀로 살 수 없습니다. 가족과의 소통, 그리고 이

웃과 나눔이 있는 관계 형성이 무엇보다도 소중하고 아름
답습니다.
　부족하지만 열심히 창작활동을 했던 소중한 순간을 글로
펼쳐냅니다.
　다섯 번째 시집을 출간할 수 있도록 이끌어주신 최봉희
선생님께 깊은 감사의 인사를 올립니다.
　더불어 도서출판 글벗 관계자 여러분께 깊은 감사의 말씀
을 올립니다.

2019년 12월 30일

지은이 송 연 화

■ 차 례

제2부 마법의 정원

제3부 보고 싶은 사람

제4부 구름 같은 인생

제5부 행복한 나의 인생

제1부

그대는

나의 사랑

내 사랑

긴 세월 함께
동고동락해 온 내 사랑
처가의 일이라면 언제나
일등공신이다

친정어머니의 생신
먼저 걱정해주고
내 맘을 헤아려 주고
앞장서서 챙긴다

좋아라, 신나라만 아닐진대
늘 밝음으로 가족들 챙기는
넉넉한 성격의 소유자
어화둥둥 내 사랑

사랑아 내 사랑아

그리움은 저녁노을처럼
가슴에 짙게 물들이고
애써 그리움을 삭이며
소소한 일상 속으로 빠져든다

사랑 하나로 아픔도 송두리째
잊을 수 있다면 그런 사랑
선택하리라 기꺼이
산도 넘고 강도 건너보자

두렵지 않은 인생 여정
밋밋한 삶에 에너지 되어
화사한 꽃 피워내면서
그렇게 그렇게 걸어가 보자

나팔꽃 사랑

사람의 심장을 닮은
나팔꽃 이파리
사랑의 하트 뿅뿅

보라 색깔의 고운 꽃
줄기 뻗어 하늘 향해
쭉쭉 오른다

줄기 새끼 꼬이듯
여러 형제들
어울렁더울렁

새벽녘 이슬 머금고
따따따 나팔수 되어
단잠을 깨우네

꽃말은 허무한 사랑
이토록 아름답고
어여쁜 나팔꽃

기쁨으로 활짝 펴
사랑 옴팡지게 받으며
쭈욱 하늘로 오르렴

봄아, 그리운 봄아

기다리고 있어요
그대 오실 그날을
말간 모습으로
사뿐사뿐 뜰을 지나
내 눈 가까이 오실
그날을 기다리고 있어요

주먹 같은
눈송이 내리던 날
놀라서 저만치
숨어버리면 어쩌나
가슴 졸이며
발 동동거렸지요

겨우내 움츠리고
기다려 온 작은 소망
아름다운 꽃으로
향기 가득 머금고
살랑살랑 찾아올 그대
바로 당신을 기다립니다

거름

하늘엔 뿌연 미세 먼지 가득
심술스러운 봄바람 슬렁슬렁
그 미운 바람 등을 지고
거름을 당차게 뿌렸다

한 삽 두 삽 휙휙 던져
한 걸음 두 걸음 옮기다 보니
어느새 넓은 황토밭은
검게 화장을 했네

촌 아낙 선택한 삶
남편 고생 이게 뭐람
다시 용기 내어 본다

시작이 반이라 했던가
해질녘 누워가는 햇살에
살랑살랑 바람 타고
거름 향기는 허공을 찌른다
어쩌랴 그래도 좋아라

토심과 영양을 듬뿍 주어
건강한 옥토 만들어서
맛있는 먹거리 생산해야지

내 반쪽

까만 하늘에 밤새도록
샛별처럼 반짝이는 그대

그대가 내 반쪽이라서
참말 행복하다오

지치고 힘들 때마다
수호신 되어 다독여주고

따스한 손길로 미소로
언 가슴 녹여주는 그대

그대가 내 사랑이라서
참으로 행복하다오

아스팔트 위의 꽃길

햇볕 쨍쨍 맑고 청명한 날
우수수 꽃비 내린다
나풀나풀 나비처럼
사뿐사뿐 곱게 앉는다

검은 아스팔트 위에
하얀 융단을 깔아놓은
꽃길이 새롭게 열렸다
고운님 어서 오라고

축복의 이 길을
정다운 임의 손을 잡고
자박자박 거닐며
사랑을 속삭여봐야지

바람아 제발 불지 말아라
고운님의 길
서럽지 않게 오래오래 꽃길
사랑하며 낭창낭창 살아보게

내 안에 미소 짓는 그대

살며시 마음 안에서 조곤조곤 속삭이는
마음 넉넉한 그대 사랑입니다

미소 가득 머금고 내게 향기 보내준
살뜰한 그대 사랑입니다

아침 포근한 햇살처럼 고요히, 따스함으로
전해주는 고운 당신 그대는 기쁨입니다

하루의 짧은 시간에 쫓기듯이 살면서도
늘 걱정해주시고 관심 보여준 당신

등 기대며 살아가는 둥지의 보금자리
한결같은 맘 소유자 당신 내겐 최고의 남자입니다

좋은 걸 어떡해

기분이 시소를 탄다
오르락내리락 어쩌지
어느결에 마음이 둥둥
그리운 너를 찾아간다

좋은 것을 마냥 좋은 것을
아무런 이유 없이 그냥
난 네가 보고 싶어
간질간질 애가 탄다

어쩌랴 보고픈데
들로 산으로 함께
너랑 나랑 여행하듯
살랑살랑 떠나보자

만나면 얼마나 좋을까
잔잔히 내리는 그리움
널 떠올리며 빈 가슴
애써서 달래본다

30_ 나의 사랑, 나의 인생

봄아, 정다운 봄아

겨우내 긴 세월 애타게
목마르게 기다린 봄아
알록달록 어여쁨으로
방실방실 곁에서 머물더니

어느 결에 초록의 물결에
빛나는 찬란함 내어주고
정답던 봄 첫사랑 같던
봄은 아쉬움을 남긴 채 떠났네

그토록 긴 시간 그리움으로
보고파 사슴목 되어 기다렸는데
향기 품은 화사한 꽃으로 와
사랑 오롯이 받고 희망으로 떠났네

여름 또 얼마나 긴 가뭄으로
속내를 까맣게 태우려는지
산들바람에도 은근히 걱정
괜한 근심 걱정을 안게 되네

32_ 나의 사랑, 나의 인생

부처님 오신 날

온 누리에 광명과 자비가
사찰에 크게 붙어져 있고
오고 가는 신도들의 합장 인사
'성불하세요'

오색연등 불 밝혀
소원 꼬리표 달고
다소곳이 등 앞에서
기도하시는 모습들

건강과 무사함을
부처님께 빌고 비는 손
우리들의 어머니들
참 아름다우시다

걸음도 불편하신 할머니들
무한한 자식 사랑 공들여 기도하시고
아픔도 다 잊으신 듯
엎드려 절하시는 모습
정말 놀랍다

느티나무

천년의 세월 모진 풍파
다 고스란히 겪고
우람하게 우뚝

마을의 안녕과 번영을
지켜주는 수호신
아름드리 느티나무

오고 가는 길손들
그늘에 쉬어가시고
마을의 사랑방 되었네

원주의 사랑 지킴이
한참을 쳐다보면
절로 감탄사 대단하다

행구수변공원

시원하게 내뿜는 분수대
하늘 높이높이 솟아올라
산산이 부서져 내리고

쉴 새 없이 오르락내리락
둘레길 산책하면서
오붓한 시간을 보낸다

눈 앞에 펼쳐진 예쁜 풍광
하얀 쌀밥을 뿌려놓은 듯
조롱조롱 매달린 꽃나무

녹색의 싱그러움
한껏 멋 부리는 오월의
멋진 모습에 취해본다

그리운 날 만나요

'보고싶다'
말하면 오시나요

그립다
말하면 오실 거죠

인생을 함께 해도
늘 만날 수는 없지요

그리운 날 만나요
만나면 헤어질지라도

너랑 나랑

천 리 먼길 달려가고
미소 머금고 달려오고

세월은 자꾸 가는데
기약 없이 달리는데
하염없이 널 기다린다

예쁜 봄날
꽃도 피고 지고
잔치 잔치 열렸는데

무심한 너랑 나랑
간간이 전화로만 놀고
아, 무심한 세월만 가누나

부부의 날

둘이 하나가 되어 살라는 날
오월 이십 일일 부부의 날

가끔 날선 목소리로
잘났네, 못났네, 다투긴 해도
부부라는 아름다운 이름

거룩한 이름으로 한 몸 되어
자식 낳아 기르며
한 집안의 역사를 창조
가정을 이루었죠

힘들고 지칠 때 서로 사랑으로
보듬어주고 토닥여주는
촌수 없는 관계

서로 마주 보며 늘 미소로
남은 세월 더 많이 아끼고
사랑하며 후회 없이 살자구요

그리움은 쌓이고

보고픔이 겹겹이 쌓여
그리움은 산처럼 높아
가슴이 울렁인다

외할머니 떠나가시던 날
떡갈나무 잎 양산 쓰고
서럽게 아픈 이별했는데

가까이 시집가 사는 모습에
늘 애처로워하셨던 할머니
사랑 또한 깊으셨는데

떡갈나무 잎 그만큼의 자람에
갑자기 울컥울컥 그리움
가슴에 멍울이 된다

성품이 곧으셨던 외할머니
서른 풀각시에 청상青孀으로
한평생 홀로 사셨다

46_ 나의 사랑, 나의 인생

하얀 조각배

파란 하늘에 홀로
떠 있는 낮달 조각배
두둥실 흰 구름 속
외로운 항해

어디로 가는 걸까
서쪽 나라 임 계신 곳
별 동네 둥실둥실
찾아가겠지

머나먼 하늘 바다
외로이 떠 있는 낮달
구름 속 헤치고 둥둥
보일 듯 말듯

내 그리운 사연 실어
임의 곁으로 전해 주려마
한 올 한 올 그리움
심고 있다고

무지개가 떴어요

마당에 들깨 모종 파종해 놓고
스프링클러 돌리고, 돌리고

물보라 따라 곱게 뜬 오색 무지개
마당에 예쁘게 무지개가 떴어요

가리개 안에는 꼬물꼬물
들깨가 발아되어 뾰족이 고개를 들고

웅성웅성 노랗게 속닥이며 요동을 쳐요
어떤 모습으로 오는지 궁금하지만
참새 떼 올까 봐서 참아보지요

요즘 마당 둘레길
마술 같은 신비 속에
자연과 어우러진 농작물
무럭무럭 익어가요

소중한 사람

내 마음속으로 쏘옥
허락도 없이 심쿵
들어온 친구
어쩌지

이크 놀래라
얼굴이 홍당무
정말 즐거워서
좋아라

무심결에 전화
목소리 듣고 싶다고
친구랑 데이트 중
나를 찾네

그래 우리, 잘살아보자
서로 왕래하면서
우정과 사랑
어어 가자

제2부

마법의 정원

마법의 정원

고운 햇살이 내린
푸른 마법의 정원엔
소곤소곤 나직이
바람이 머문다

팔랑이는 이파리들
영양소들 가득 담아
가을의 풍요를 몰고
예쁨으로 내게로 온다

부지런함이 들녘을
가꾸고 사랑 준 것이
이렇듯 마법 같은
정원을 선물해 준다

하루하루가 다른 모습
푸름이 가득 넘쳐
사랑이 익어가는 뜰
마법의 정원엔 꿈이 익는다

은별이 금별이

까만 하늘에 반짝이는 은별들
소곤소곤 속삭임에 새벽이
훤히 밝아온다

땅에는 아름답고 향기로운
조롱조롱 소담스러운 금별
노오란 개나리

하늘엔 은별이 땅에는 금별이
누가 누가 더 예쁘나
금별이 사랑

둑방 가득히 흐드러지게
노오란 물결이 한들한들
나비 춤춘다

노오란 개나리 무한사랑에
하루해가 짧기만 하여라
어여쁜 금별이

새봄이 왔어요

파란 하늘엔 흰 구름 두둥실
기다렸던 새봄을 앞마당에 내려놓고
장기자랑 열었어요

키다리 난초도 쏘옥
앉은뱅이 줄타기 선수 돗나물
대롱대롱 매달린 금별이
마당은 축제의 장날

하루가 다르게 연두에 물이 올라
과일나무는 꽃망울 통통해져
향기 품고 수줍게 방긋한 미소로 다가온다

농촌 들녘 텃밭에선 손 사랑을 부르고
여름날의 푸성귀 풍성함을 채우려 꿈을 심는다
촘촘히 바빠지는 나의 일상들
하루하루 쌓여가는 이 기쁨으로
건조함 싸악 날리고
희망이랑 동행하려구요

소나기

훅훅 뜨거운 열기
잠시 잠재우려
소나기가 내렸다

시원함이 잠시나마
곱게 머물러줘서
공기가 서늘하다

후드득 후드득
무섭도록 쏟아붓던
소나기 그치고

맑게 갠 하늘은
금세 거짓말처럼
또랑또랑 예쁘다

왜 이러죠

맑고 짙푸른 하늘
뭉게구름 점점이
꽃잎처럼 하얗게
흩어져 매혹적이다

세상이 시끌시끌
채널마다 조국, 조국
실망과 분노로 뜨겁게
끓어오르는 불신들

즐겁지 않은 소식들
안타까움에 귀 닫고
자연과 벗하여 놀며
땀 흘려 만족 얻으리

근데 왜 이러죠?
사과나무 하나, 둘
꽃 몽우리 터트리며
하얀 꽃이 피었어요

나무도 시끄러운 세상
귀 닫고 눈멀어
알콩달콩 예쁘게
시름 잊고 사랑한데요

64_ 나의 사랑, 나의 인생

하늘길

비취색
아름다운 하늘에
하얀 고속도로
뻥 뚫렸다

혹 쳐다본 하늘
어쩜 저리도
눈이 부시도록
아름다울 수 있는 건지

누가 저토록
하늘길을 몽실몽실
파란 도화지 위에
하얀 길을 그렸을까

신비한 하늘
아름다운 하얀 선
구름 띠를 이룬
하늘길이 어여쁘다

김장배추

파릇파릇 여린 싹
연두색의 어린 모
밭고랑에 심었다

포슬포슬한 흙 골라
구멍 파고 물주고
사랑으로 토닥토닥

큰 통으로 잘 자라
속이 노랗게 꽉 차는
결실의 가을을 예약

기쁨으로 돌아올
김장배추 심은 텃밭
가꾸기에 정성을 다하리

수고와 노력을 다하여
사랑으로 돌봐 줄 거야
배추 어른 되는 그날까지

68_ 나의 사랑, 나의 인생

새벽을 달린다

상가의 현란한 불빛은
어둠이 삼켜버리고
시간은 자정을 지나
새벽으로 달린다

총총히 내게로 오는
긴 밤 하얗게 지새우고
이 새벽 작은 일상
불 밝히며 고단함 묻는다

갖가지 많고 많은 직업 중에
내가 가는 이 길 또한
정녕 쉽지가 않지만
그래도 묵묵히 간다

좋아하는 사람이랑
함께여서 위안이 되고
마주하는 눈길 속에
무언의 사랑이 핀다

메밀밭

하얀 메밀꽃
밭 가득 흐드러지게
활짝 피었다

밭 가득히
하얀 눈꽃 소복하게
아기 주먹처럼 앉았다

싱그러움의 들판
향기로운 꽃내음이
나풀나풀 들녘에 내린다

송알송알 하얀 꽃
향기를 날려 벌 나비는 붕붕

가을 벌판의 들녘
언제나 사랑이 넘치고
꿈이 곱게 익는다

연두의 나라

사랑 한줌 머금은 봄 햇살에
마른 나뭇가지는 눈을
뾰족이 치켜뜨고
연두의 나라를 준비한다

겨우내 잠자던 땅속에서도
꼬물꼬물 새싹을 키워내려고
오밀조밀 들썩인다

연두의 나라로
입성을 준비하는 새싹들
움츠렸던 몸 기지개 활짝 켜고
봄 마당 축제 준비 한창이다

아지랑이 아롱아롱 손짓하면
새들도 앞다투어 텃밭으로 모여들고
벌 나비는 춤추는 무용수 되리

74_ 나의 사랑, 나의 인생

하늘과 땅 사이

하늘 저 멀리
신기한 구름다리
이랑이랑 나란히
하늘과 닿았다

산마루 중턱에
커다란 구름다리
하늘과 땅 사이
커다란 연결고리

구름 기둥 세워
하늘과 땅 사이
왕래하는 우주정거장
화려하게 지으려나

한눈에 쏘옥
광활하게 펼쳐진 모습
댐 수문을 열어 물줄기
내 뿜는 듯하다

76_ 나의 사랑, 나의 인생

자작나무

백색의 자작나무
다닥다닥 까만 옹이 생기면
하나, 둘 허물을 벗는다

검은 껍질 벗어버린
은백색의 자작나무
하늘 높이 쑥쑥 뻗은 모습

잘생긴 키다리 자작나무
아낌없이 자신을 내어 주는
자작나무를 닮아보자

나쁜 욕심과 과욕의 허물을
몽땅 벗어 버리면
진정 참사람이 되지 않을까

함박눈

아가 주먹만 한 꽃송이
살포시 내려
마을이 눈 속에 묻혀
정겨운 모습

근간에 보기 드문
하늘의 선물
축복 되어 방실방실
웃으며 내리네

논밭 이랑마다 가득가득
내려앉은 하얀 눈
백설기 떡 쌀가루처럼
곱기만 하여라

시골의 넓은 마당
발자국 놀이 콕콕 찍으며
동심의 세계에 푹 빠져든다

고추장과 된장

어머님께 이어받은
전통 먹거리
빨강 고추장 노오란 된장

고운 햇살이 마당
항아리 가득히 내려앉아
간질간질 사랑 옹골지게 받아
김이 모락모락 피어오른다

행주로 닦아주고
항아리 어루만져주면
따스함의 온기가
내 손 가득 휘감겨 온다

한 해 동안 양지바른 곳에서
숙성되고 발효되어
맛이 일품 제대로네
이젠 그 이름값 치루어보자

한라봉

노란 황금 열매 한라봉
귀족처럼 귀한 몸
새콤달콤 진한 맛에
한쪽 눈 살짝 윙크하네

귀한 시인님 댁 농장방문
버선발로 반갑게 맞아주시고
한라봉과 쨈이랑 선물
아름아름 가득이지요

땀 흘려 애써 농사지으신
귀한 선물인지라 그런가
가슴이 심쿵심쿵
미소가 햇살처럼 번져요

정 나눔 사랑은 따사롭고
즐거움이 배가 되어
엔돌핀이 팡팡 샘처럼 솟아
행복 충전 가득합니다

84_ 나의 사랑, 나의 인생

주상절리

자연의 힘은 신비하다
까만 육각기둥을 깎아서
벼랑에다 세워 놓은듯한
제주 중문 까만 주상절리

바닷물은 온통 아름다운 빛깔
에메랄드 보석처럼 빛나고
작은 파도에 일렁이는 물결
그 절정에 정신이 아득하다

어쩜 저리도 멋진 풍광을
빚어놓은 듯 가지런한 기둥들
햇볕에 반사되어 보석처럼
반짝이고 성스럽다

위대한 자연 앞에
아름답다만 되뇌이고
휴가가 주는 기쁨은
마음이 온통 산뜻함이다

설국

어머나
이게 웬일이지
밤새 무슨 일 있었기에
온통 설국

어두운
까만 곳을 하얗게
덮어주고 싶은 걸까
마냥 아름답네

여기도
반짝반짝 빛나고
저기도 반짝반짝
세상 모두 반짝이길

마음엔
미소가 가득 번지고
이 하루가 모든 이에게
행복으로 가는 설국이길

봄 비

한 줄기 세차게 퍼붓는 봄비
겨우내 쌓였던 먼지 둥둥
도로를 경주하듯이
빗물에 다 씻기어가네

마른 나뭇가지 물기 흠뻑
꽃눈들이 삐죽이 치밀고
마당의 둑방에는 난초가
소담스럽게 쑥쑥 키 재기네

얼마나 기다렸던 봄이런가
고운님들 향기 품고 찾아올
나뭇가지들의 파란 움틈을
알록달록 꽃 잔치 향연을

속절없이 기다려온 봄
이 봄비 그치고 나면
파란 하늘 맘껏 쳐다보면서
즐기고 또 즐겨볼 수 있으려나

나의 보물들

뒤뜰로 살포시 살포시
둘레 살펴보는 중
어머나! 이게 뭐람
앙증맞은 표고 형제들 쏙쏙

금세 마음이 들떠서
어찌하나 무얼 만들지
즐거움으로 가득 차
행복한 고민을 해 본다

예쁜 튀김옷을 입혀줄까
아니면 참기름 소금장에 콕콕
이도 저도 아니면 데쳐서 무침
아니다, 뽀글뽀글 된장을 끓이자

앵두나무도 보리수나무도
조곤조곤 작은 꽃들을
가득 피워내고 뒤뜰의 정원
싱그러운 향기가 폴폴 넘쳐요

산을 넘고 물을 건너

풀이 피기 시작하는 연록의
예쁜 계절에 무작정 산으로
발길을 옮겨 두런두런 이야기 삼매경 즐겁다

아, 멋진 자연의 선물
두릅이랑 고사리 취나물
욕심부리지 않고 바구니에 담았다

어쩜 하늘색 빛깔은 이리도
고운 걸까. 비취색으로 가득
뭉게구름 점점이 떠서 함께 한다

산새 지저귀는 고즈넉한 산
맑은 물은 돌 틈 사잇길로
졸졸 목마름의 생명수 되어
기쁨의 세리머니 축제인 듯하다

어디를 가나 한결같은 빛깔
정겨운 모습에 마음이 녹아들어
황홀한 자아도취에 심쿵심쿵
즐거움이 한껏 부풀어 오른다

제3부

보고 싶은 사람

내 고향

내 고향
두메산골
정선 골짜기라네

아리랑
노랫가락
입으로 전수되어

오늘도
불러 봅니다
아리랑 아라리요

고운 인연

수많은 사람 중에
그대와 내가 만난 것은
고운 인연이었습니다

두 마음속에
향기로움 모락모락
피어나는 사랑이었습니다

사랑의 줄다리기도
모래성 쌓기도 아닌
그냥 평범한 마음입니다

생이 다하는, 그날까지
잡은 두 손 고이고이
소중한 내 사람입니다

이 사랑 오염되지 않게
이 사랑 메마르지 않게
예쁜 맘 하나로 가렵니다

보고 싶은 사람

늘 그리움 속으로 둥둥
생각나고 떠오르는 사람
문득문득 아련함으로
추억하고픈 그리운 사람아

늘 향기가 머무르는 사람
언제라도 손 내밀면
덥석 따스한 손 잡아주고
어깨 토닥이며 용기를 주는

사랑으로 감싸주는 사람아
한결같은 마음으로
늘 그 자리에서
변하지 않는 푸름으로
지켜주고 감싸주는
둥개둥개 사랑하고픈 사람아

보고 싶다

어느 날 갑자기
심쿵심쿵 내 마음속으로
살며시 들어온 너

어여쁜 심성을
가진 넌 내 절친
하루 종일 쫑알쫑알

전화기 너머로
쉴 새 없이 재잘거리는 넌
나의 즐거움, 사랑이야

이 세상 그 무엇이
부러우랴 너랑 나랑 우정
에너지 무한충전인데

벅차오르는 사랑
고이고이 접어서
오늘도 난 너에게 보낸다

꽃 몸살

당신께 물음표 하나 던져놓고
그 맘 알 길 없어 이내 맘은 안달
이 봄 속앓이를 하는 걸요

하얗게 피어오른 싸리꽃
그 향기에 나른하게 취하여
방향 감각을 잃어버렸어요

어디로 가야할 지 사방천지
꽃 축제로 요란스레 들썩이고
마음은 동구 밖을 벗어났지요

구름 타고 어화둥둥 여행길
내 눈은 하염없이 빈 하늘만
쳐다보며 꽃 몸살이 오려나 봐요

무작정 떠나고만 싶어서
꽃의 요람 속으로 살랑살랑
그 향기 그리워서 꽃 몸살이 났어요

화려한 외출

화창한 봄날의 외출
색시처럼 곱디고운 마음
버스에 몸을 싣고
씽씽 달려본다

몇 날 며칠을 손꼽아가며
기다려온 화려한 외출
차창 밖으로 끝없이 펼쳐진
봄의 날갯짓

너무 신나고 즐거워서
마음은 풍선처럼 붕붕
파란 하늘 눈빛 사랑에
흠뻑 취해본다

짧은 하루의 여행길에 오른
이 순간의 벅참이 주는
신선함은 구름처럼
둥실둥실 떠나간다

정동진 부채길

하늘은 맑음 마음은 푸름
새벽부터 서둘러 여행길
사랑 친구랑 함께여서
달달한 오늘 풋풋하다

바닷길 벼랑 길게
오르락내리락
친구랑 함께 살랑살랑
걷는 아름다운 부채길

쪽빛 바다도 맘껏 담고
검은 바위에 앉은
흰 갈매기도 노닐고
한 걸음 한 걸음 행복이라

친구와의 사랑 우정
차곡차곡 쌓여가고
맨발 투혼으로
완주하는 예쁜 친구

별빛 사랑

땅거미 짙게 깔린 어둠 속으로
내 마음 별빛 찾아 길을 나선다

유유히 흐르는 구름과 길동무하여
그렇게 흘러가나 보다

싸늘하게 식어가는 그리움
하나, 둘 어둠 속에 고요히 묻히고

별빛도 그리움도 삭정이 된
나무토막처럼 힘없이 스러진다

따스한 마음에 의지한
사랑은 멍울처럼 알알이 맺혔는데

이제 어디로 애달픈 사랑아
이 어둠이 밝기 전에 목적지에 닿으렴

내 사랑 이제 어둠의 공간 속에서
그리움만 층층이 쌓여만 가누나

단 비

쩍쩍 갈라진 밭고랑
틈새로 보슬비가 앉는다

농작물 놀랄까 봐 살포시
사랑하며 놀잖다

길고 긴 기다림 끝에
단비로 다가온 그대

단꿈에 흠뻑 취해
생명수 좋아라 좋아라

하얀 꽃 가득 피운 감자
향기로 맞아주고

소곤소곤 속삭임의 입맞춤
너울춤을 추면서 반겨준다

어쩌란 말이냐

고운님 가신다기에 막막한
하늘만 쳐다봅니다
어쩌란 말이냐

온통 빨강으로 담장 가득
올망졸망 행복한 대가족
장밋빛 인생

수많은 사연과 사랑으로
수런수런 곁에 머물러
참 좋았어라

바람은 싫어요
곱게 곱게 머물다가
사연 남기고 떠나요

보내는 맘 서럽지 않게
사랑 담뿍 받으며
맘껏 축제 즐기다 가시구료

신선한 아침

살며시 단비 다녀간 뒤
일제히 앞다투어 어여쁜
갖가지 꽃을 피워냈다

조곤조곤 이파리에 닿아
꽃맞춤 하였더냐
어라, 신통하기도 해라

농작물의 영양소 역할
톡톡히 해낸 단비는
정녕 약비가 되었구나

옥수수 곁가지 따주는 남편
숨바꼭질 보일 듯 말듯
모두가 상큼한 아침이어라

붉은 아카시아

매혹적인 붉은
아카시아 꽃 송알송알

하얀 아카시아만
만나다가
헉 이게 웬일

붉은 아카시아 꽃
남몰래 피었다가
어느 결에 지고 있네

수줍게 피었다가
남몰래 가는 길
첫 만남 해후

귀한 몸 신비스런 모습
보고 또 보고
흐뭇함으로 담았다

보석 같은 하늘

비 온 뒤
맑게 개인 투명한 하늘

보석처럼
파랗게 반짝인다

어떤 색감으로도
감히 비유가 안 될 아름다움

예쁜 하늘 쳐다보니
눈이 부시다

간간이
바람이 머물다 간 자리엔

파란 물이
금세 쏴쏴 쏟아질 것만 같다

의림지

오전에 예쁜이들과
밭고랑에서 시간 보내고
오후 바람 쐬러 나갔다

땀 흘리고 수고한 몸
마음도 보상이다
토닥토닥 쉬어주련다

눈에 보이는 모든 초록
자연이 주는 선물
싱그러운 숲길을 달린다

도착지 의림지에서
내 사랑이랑 데이트
연못의 시화전도 보고

고송의 그늘에서
잠시 쉬어가면서
마음은 살랑살랑
평화로움을 심는다

선물 같은 하루

구름이 바람을 동무 삼아
소풍을 떠나는
싱그러운 아침

매일 새로운 아침이
우리 곁에 찾아오는 것은
새로운 기회를 줌이고

이 세상의 수많은 아름다움 중
가장 소중한 것은
인연이란 아름다움 아닐는지

그 인연 따라 구름 흐르듯
마음 바구니에 행복 가득히
퍼 담아 마음 부자 되시길

해맑은 아이들의 미소처럼
향기로움이 잔잔히 퍼져
울림이 햇살처럼 고운 하루이길

소중한 친구들

그리움이 짙게 물들고
보고픔이 안개비처럼
마음의 호수에 가득가득 내린다

보석처럼 귀한 그대들
사랑 친구들과 함께여서
즐겁고 늘 설렘으로 가득하다

소리쳐 불러본다
그리운 친구들아
같은 하늘을 보고
가끔은 생각하겠지

서로에게 힘이 되고
사랑과 배려로 용기 주는
특별한 친구 너와 나 우리가 되자

검은 머리 하얗게 서리 내리고
석양이 지는 나루터에서
한배를 탄 우리들 아름답게 건강하게 살자

당신은

포근함이 묻어나는 말
한 마디에 미소 번지게 하는
당신은 진정 능력자

지치고 힘들 때
내 손 잡아준 당신
힘과 용기를 주는 나의 비타민

돌아 돌아 어렵게 만나
여기까지 왔지만
그 사랑 하나로 직진이지요

종착지 보이지 않아도
한결같이 따스함으로
내 자리 지켜주고 보듬어준 당신

곁에서 쫑알쫑알해도
언제나 듬직함으로
존중해주는 당신은 나의 사랑입니다

이제 그 사랑에 감사하며
평온으로 즐겁게 잘살아보렵니다
사랑해요, 내 당신

체육 시간

선생님 호루라기 휙휙
남녀 친구들 축구경기
시골 분교 까까머리
모여라, 모여라

남자, 여자, 섞어 섞어
편 가르고 공을 찬다
검정 고무신 신고
공 몰고 신나게 뜀박질

야야 큰소리치고
공을 힘껏 차면
공은 간 곳 없고 검정 고무신
하늘 높이 오른다

모두가 가난하던 그 시절
운동화 대신 검정 고무신
책가방 대신 책보였어도
아름다운 하얀 추억들

해바라기 사랑

내 마음에 콕 박힌 사랑
바라보는 즐거움으로
함께하는 추억으로
그냥 벅차지요

마냥 바라볼 수 있는
그대 있으므로
내 맘속에 풍덩풍덩
그대 행복이지요

이런 내가 바보스럽지만
약간은 미련스럽지만
매일 바라보는 해바라기
사랑 즐겁지요

그대 사랑할 수 있기에
그대 맘껏 바라볼 수 있어
나만의 해바라기 사랑
애타는 그리움입니다

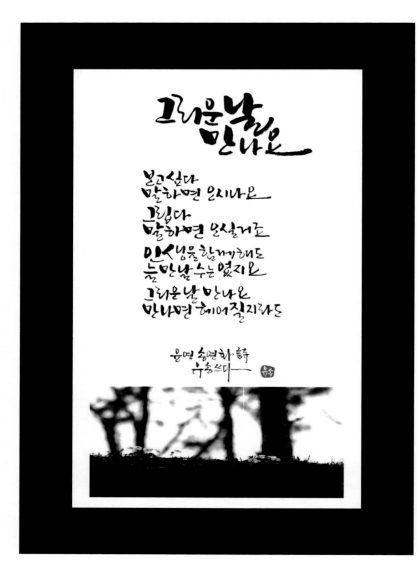

제4부

구름 같은
인생

136_ 나의 사랑, 나의 인생

구름 같은 인생

더 높은 곳을 향하여
질주하듯 달리는
흰 구름 같은 인생아

뭉게뭉게 모였다가
흩어지는 구름 조각들
바라보다 덧없음을

인생도 구름 같음을
부질없는 헛꿈을
꾸고 있었던 게 아닌지

뒤로 물러섬 없이
앞으로만 달려가는
서러운 황혼의 인생

욕심도 내려놓고
비워 내면서
남은 인생 즐기며 살아보자

138_ 나의 사랑, 나의 인생

마음이 춤추는 날

살랑거리는 갈바람
온몸을 휘감아
더위를 몰아내 준다

다가오는 기온도
귓전으로 느끼는
온도 차가 다르다

왜 이리 좋은 걸까?
마구마구 설렘이
맘속에서 춤을 추네

이 가을 들녘이
풍성함으로 다가와서일까
아니면 상큼해진 날씨 때문일까

기분이 좋아라
둘레에 피어나는
작은 씨앗들의 요람

강물 같은 인생

굽이굽이 흐르는
강물 같은 내 인생

얕은 물을 흘러 흘러
깊은 물에 닿을 때면

서리서리 쌓인 설움
고이고이 삭이고

강물에 마주 서면
두려움에 후덜덜

굽이쳐 돌고 도는
인생길 힘들어도

느릿느릿 여울살처럼
흘러 흘러 가다오

공항에서

끝없이 넓게 펼쳐진 활주로
광장의 열기는 후끈후끈
여객기 나들이 인파로
멀미가 날 만큼 북새통이다

셔틀버스에 몸을 싣고
긴 휴가 나들이에 들떠
심장은 요동치고
우리는 봄바람이 났다

마음은 온통 장밋빛으로
한껏 물이 올라 봄맞이 축제
먼 하늘 새처럼 가볍게
날아오르는 여객기

비행기 탑승할 때 묘한 감정
아리아리한 느낌은
즐거움으로 가슴이 한껏
부풀어 오른다

144_ 나의 사랑, 나의 인생

찜질방

아침에 달리는 이 기분
머리에서 발끝까지 송송
땀으로 샤워를 대신하고

여름날 한줄기 소나기
호되게 맞은 생쥐 꼴
작은 공간서 땀 빼는 중

옹기종기 모여서
살아가는 이야기 삼매경에
시간 가는 줄 모르고

하하 호호 까르르
웃음꽃 속에 또르르 또르르
땀이 송골송골 금세 옷을 적신다

살아가는 모습은
각자 달라도 살랑살랑
형님, 아우 하면서 이웃사촌이라네

146_ 나의 사랑, 나의 인생

하늘의 선물

주말이라서 한가함으로
창문을 바라보다 야호를
힘껏 외치면서 외출을 한다

천지조화 이런 일이 또 있으려나
눈 깜짝할 사이 온통 설화가
가득가득 경이롭게 활짝 폈다

사랑스럽게 온 하늘을 나풀나풀
아기 주먹만 한 눈송이가 송알송알
하염없이 내려 동화의 세상이다

이리 뛰고 저리 뛰고 망아지처럼
펄쩍 뛰는 내 모습에 누가 볼까
부끄러움은 잠시 마냥 좋아라

갑자기 주신 하늘의 선물
자연이 빚어내는 축제를
오롯이 심쿵심쿵 즐겨보련다

감자 심는 날

만국기처럼 펼쳐진 들판에
바람이 분다
스르륵 스르륵 나부끼는 고랑 사이로

날쌘 바람돌이처럼 슝슝
아줌마들 신이 나듯
찍고 넣고 찍고 넣고 감자를 심는다

감자 심는 날 하필이면
몹시 바람이 분다
묵묵히 이랑에 꿈도 희망도 묻는다

여름날 하얀 꽃, 자주 꽃
아름아름 밭고랑
가득히 피워줄 그 날 예약해 두련다

하루가 다르게 눈으로
자라는 모습 바라보면서
주먹만 한 감자 비닐 속 가득 차기를

150_ 나의 사랑, 나의 인생

능수 벚꽃 아래서

그리움이 짙게 드리운 날
예쁜 추억은 하나, 둘
기포처럼 방글방글 일어선다

어디로 가야 하나 일제히
요동을 치는 내 마음 부여잡고
둘레길 자박자박 산책 중이다

말로만 듣던 귀한 능수 벚꽃
수줍게 분홍색 꽃 가득 피워
내 마음 따뜻하게 달래주네

가고만 싶은데 그리운 시화전
글방의 시인님들 글에 위안 삼아
울적함을 달래곤 했었는데…

내 인생길 왜 이리도 바쁠까
굽이굽이 하루의 바쁜 여정
능수 벚꽃으로 이맘 달래보네

레일 바이크

미니 기차에 오른다
야호! 신나요
개구쟁이 아이들처럼
마구마구 즐거워
엉덩이가 들썩들썩

두 발로 힘차게 페달을
씽씽 돌리고, 돌리고
바닷길 시원하게 달리는
미니 열차 속은 비릿한
바다 내음 가득이다

바쁜 일손 내려놓고
친구랑 함께 보내는 시간
설렘으로 즐거움으로
행복을 가득 수놓아
마음의 찌든 때가 벗겨진다

매일매일 오늘만 같아라
인생 고갯길 슬렁슬렁
기쁨으로 살고지고
아리아리 아라리요

154_ 나의 사랑, 나의 인생

청령포

깊은 한이 서리어 잠든 곳
청령포 단종 유배지
깊은 역사가 굽이굽이
강물 따라 유유히 흐르는 곳

어린 왕이 그리운 한양 땅을
그리워 바라보며 한 개 두 개
쌓아 올린 눈물의 망향탑
역사 속의 그 무심한 세월

단종을 향하여 푸른 소나무
일제히 고개 숙이고
거북이 등 같은 소나무 껍질
용트림하는 형상의 소나무

굽이굽이 도도히 흐르는 강물
역사를 지키고 있는 듯
슬픈 역사를 다시금
배우고 돌아온 하루여라

여우비

흐린 날씨
모자도 벗고
아이 좋아라

두 달 내내
비 한 방울도 안 내려
마른 가뭄이어라

애만 태우더니
드디어 반가운 비
후드득후드득

신이 나서 호들갑
비설거지 나섰는데
얄미운 해님 방긋

야속한 여우비에
농작물 이슬방울
대롱대롱 맺혔네

정암사 수마노탑

태백 가는 길 깊은 산속
정암사 수마노탑 국보로 지정되어
화려한 이름 걸렸네

여기저기 곳곳에 알림이
나풀나풀 펄럭이고
내 고향 눈이 번쩍 가슴이 뭉클하다

고즈넉한 산사에
보호 어종 천연기념물
열목어도 서식하는 맑은 물, 청정의 고한

죽어 천년, 살아 천년
주목도 자생하고
지하의 검은 땅에 새로 태어난 카지노

지역경제 살리겠다고
고향 지킴이들 애쓰는 모습에
숙연해짐은 어인 일일까

볼거리 먹거리

알록달록 어여쁜 아가들
식물들 가지 휘어지도록
조롱조롱 암팡지게
열매 달려 익어간다

오색꽃 예쁨으로 와
함초롬히 피어나서
바람과 햇볕과 사랑 나눔
요리 예쁜 선물을 주었네

기다란 오이도 달리고
올망졸망 방울 익어가고
여기저기서 서로 오라고
방긋방긋 유혹한다

신선함으로 나누는 먹거리들
톡톡 튀는 산소 같은 둘레
소중한 먹거리 볼거리들
바구니 담는 즐거움 가득이다

기다리던 비 내리고

밤새 고운 비 촉촉이
마른 땅을 적시고
가뭄 든 농작물은
좋아라, 춤을 춘다

마음이 여유로운
틈새 비집고 욕심은
빗물 타고 둥둥
하염없이 떠다닌다

또르르 또르르르 비는
기와지붕을 때리고
낙숫물 쉴 새 없이 쏟아져
마당을 말끔히 청소하는데

마음속에 겹겹이 쌓인
욕심과 먼지들도
빗물에 씻을 수 있다면
온통 맑음으로 살텐데

단골손님

검게 그을린 얼굴빛으로
쑤욱 들어오신 단골손님
여전하십니다
반갑게 인사를 주고받고

사는 게 힘들다고 넋두리
꼬인 새끼줄처럼 길게
늘어놓으시고
한숨 푹푹 내리 쉰다

부인도 유도 선수인 딸도
병원 장기 입원했다고
혼자 벌어서 병원비에
허리 휜다고

힘들어 노래하면서
마음 달래려고 왔다고
하소연 들어주는
맘이 내내 아프다

166_ 나의 사랑, 나의 인생

금낭화

꽃대에 조롱조롱 매달려
누가 누가 이쁠까요
올망졸망 형제들
미인 선발대회 열렸어요

나란히 나란히 줄 서서
복주머니 가득가득
사랑 담고 채우려 온
예쁜 꽃말 그대 따르렵니다

꽃대가 휘어지도록 핀 꽃
넘치도록 복주머니
가득 열어 오는 님 가는 님
사랑으로 담아줘요

수줍은 듯이 다소곳이
올망졸망 예쁘게 매달려
누가 누가 더 예쁠까
미인선발대 나섰지요

168_ 나의 사랑, 나의 인생

둘레길

하루가 다르게 녹음 가득
이리 보아도, 저리 보아도
온통 보이는 게 파란 들판

눈이 부실 정도로 파란 색감에
마음마저 파랗게 즐거움이
옮겨지는 듯 평화롭다

어느 결에 농작물이 쑥쑥 자라
정성 들인 만큼의 보답으로
돌아오는 듯 줄기 튼실하다

하루가 다르게 자라는 모습
바라보는 즐거움으로
눈에 가득 넣어도 넘친다

나풀나풀 춤추듯이 흔들리는
더덕 줄기와 이파리는
연초록 향기를 풍기고

마당에 성큼 나서면
온통 푸름에 가슴이
뻥하고 뚫리는 듯하다

아카시아 꽃

밭둑에 하얗게 핀 꽃
하늘하늘 피어
아카시아 꽃 벌 유혹하네

향기가 넘실넘실
온 천지에 가득 퍼져
미소를 머금게 하고

응달에 말려 꽃차를 만들까
아니면 진액을 담글까

자연이 주는 선물에
행복한 고민에 빠져
마냥 설레발이다

개울 건너로 갈까
뒷산으로 갈까
벌써부터 두근두근

햇살을 품으며

곱게 내려앉은 금빛 햇살
머리에 이고 아침을 연다

자연의 온갖 합창 소리에
즐거움 가득 머금은 채로

상큼함의 공기가 신선함을
폐부 가득히 채우는 청량감

재잘거리는 온갖 새들의
부르는 노랫소리 합창이고

아침을 여는 자연의 신비함
오늘, 이 하루는 어떤 일이 오려나

즐거움으로 상추가 자라는
텃밭으로 바구니랑 동행한다

나의 쉼터에서

한 자락 고운 햇살 받으며
파란 숲 이파리 사이로
빨강 앵두가 익어간다

말캉말캉한 앵두를 골라
한 줌 따서 입안에 넣으면
새콤달콤 전율이 온다

햇살 받고 알알이 영글고
살랑거리는 바람 사이로
먹음직스럽게 익은 앵두

빛깔이 곱고 화려해서
무얼 할까 고민하다가
효소를 담가본다

삼 년 후에 오시는 임들
잘 우려진 진한 효소로
시원한 차 대접해야지

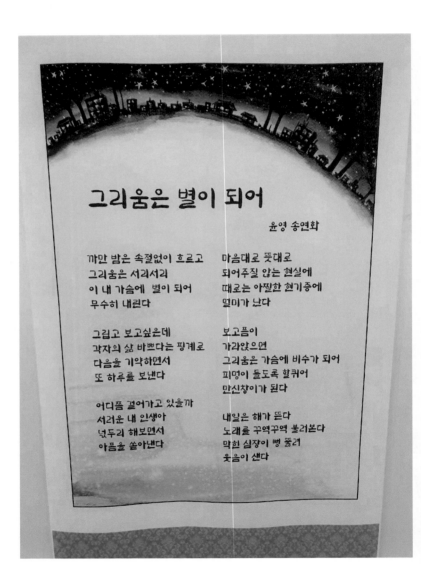

그리움은 별이 되어

윤영 송연화

까만 밤은 속절없이 흐르고
그리움은 서리서리
이 내 가슴에 별이 되어
무수히 내린다

마음대로 뜻대로
되어주질 않는 현실에
때로는 아찔한 현기증에
멀미가 난다

그립고 보고싶은데
각자의 삶 바쁘다는 핑계로
다음을 기약하면서
또 하루를 보낸다

보고픔이
가라앉으면
그리움은 가슴에 비수가 되어
피멍이 들도록 할퀴어
만신창이가 된다

어디쯤 걸어가고 있을까
서러운 내 인생아
넋두리 해보면서
아픔을 쏟아낸다

내일은 해가 뜬다
노래를 꾸역꾸역 불러본다
막힌 심장이 뻥 뚫려
웃음이 샌다

제5부

행복의 꽃

내일의 꿈

굵은 땀방울이 뚝뚝
비닐 위에 방울방울
또르르 똑똑 굴러
진주알처럼 뒹군다

햇볕을 머리에 이고
무와 알타리 씨앗
촉촉한 흙 파헤쳐
한 알 두 알 꿈을 심는다

나의 꿈
곤드레 밥집
활짝 여는 그날을 위해
오늘도 마음을 모아
정성을 다하련다

항상 준비하는 자세
나의 미래를 열어가는
내일은 분명 아름다운
노년의 꿈이 익어갈 테지

감자전

껍질 깎은
하얀 속살의 감자
강판에 쓱쓱

호박 채를 썰고
고추랑 파랑 숭숭
양파 갈아 양념

달구어진 팬에
기름 두르고
한 국자 얇게 넓게

치직, 치직
노릇노릇 구워진
감자전 공중부양

휙 휙 공중으로
붕붕 떠올라
현란한 춤을 춘다

양념간장에
콕 찍어 한 입
아 쫄깃한 이 맛이야

182_ 나의 사랑, 나의 인생

친구야

저 하늘
구름 뒤에
사다리 올라타고

만나서
둥개둥개
기뻐서 둥실둥실

친구야
함께 떠나자
얼씨구나 지화자

삶의 조각들

새로움의 시작에서
고운 숨결로
반짝이는 사랑으로
살갑게 살아보자

가슴에 희망 품어
마음 밭에 씨앗 뿌리고
일구고 가꾸어서
글밥을 지어보자

좀 더 알차게
토실토실 농사지어
사랑 나눔 글 나눔으로
주렁주렁 달린 열매 알토란으로

내 인생 살찌우고
남은 삶 베풂으로
보듬고 사랑하며
그리 정답게 살아보자

행복의 꽃

그대와
마주 잡은
살가운 마음으로

그윽한
향기 품고
살포시 안아주고

마음에
함박꽃 웃음
행복으로 피어라

최고의 만찬

가녀린 보슬비가
살짝 내리는 날
친구 만나러
동해로 달린다

벗은 언제 만나도
즐겁고 행복한 일
핑계 삼아 일손 놓고
하루 즐겨 보련다

푸른 바다도 눈에 담고
휴휴암의 절경도 보고
쓴 소주 한잔의 부딪침
행복하게 잘 살자

싱싱한 회도 한 접시
삶은 게살이 꽉 찬 다리
게딱지 비빔밥도 나눠 먹고
어울렁더울렁 즐거웠다

190_ 나의 사랑, 나의 인생

인생 열차

인생 열차에 오른
지금 특급 아닌
완행열차이길

차장 밖 풍경에 풍덩
방긋방긋 즐기며
느릿느릿 달려요

어제보다 오늘이
더 즐겁고 행복한
인생 열차 달려요

사랑하는 사람이랑
손잡고 반짝이는 삶
살포시 여행 즐겨요

나의 행복

알알이 부서져 내리는 금빛 햇살
어깨 위로 살포시 내려앉아
온기의 따스함으로 이 하루
아롱아롱 텃밭으로 향한다

거름 뿌리고 비닐 씌우며
희망과 꿈을 심으려 준비 중
텃밭에서 느끼는 작은 소소함이
즐거움으로 이어지는 나의 행복

겨우내 앙상함의 그루터기에서
여린 새순이 뾰족이 봄나들이
신선한 공기가 상큼한 봄 향기로
가득 채워주는 희망 부푼 일상들

사랑하며 열어가는 공간 속에서
꿈과 희망이 토마토처럼 빨갛게
익어가는 아름다운 인생길
나의 행복으로 꽉 채워지길

삼나물 장아찌

꽁꽁 언 겨울 얼음장 밑에
숨죽이고 웅크리고 있다가
봄이랑 함께 얼굴 삐죽이
내밀고 올라온 눈 개승마

어여쁜 너를 간택한 오늘
숨 가쁘게 소쿠리에 담아
깨끗이 물에 씻고 헹구어
가지런히 차곡차곡 콕콕

사과랑 양파랑 끓이고 달여서
간장 소스를 맛나게 배합
새콤달콤 살살 녹아
그 맛이 달짝지근 일품이다

귀한 손님 밥상에 선보여줄
삼나물이 맛있게 숙성되면
오독오독 아작아작
맛있게 먹어주리라

196_ 나의 사랑, 나의 인생

꽃비 내리는 날

아름아름 가득히 꽃피워 낸
꽃잎 가득 실은 나뭇가지에
후드득 바람이 머문다

일렁이는 작은 바람에도
못 견디고 우수수
꽃잎이 허공에 날린다

화려함 맘껏 뽐내고
예쁨으로 사랑 오롯이 받으며
한마당 축제 부르더니만

어찌하나 애잔함의 꽃잎
너울너울 나비 춤추며
꽃비 되어 내리네

마지막 사연 신고
초록의 꿈을 가득 피워 줄
꽃잎 바닥에 나직이 피었어라

이 좋은 날에

온 산하가 울긋불긋
연분홍 꽃으로 파란 이파리로
하루가 다르게 싱그러움이
가득 피어나 눈길 머무네

사계가 뚜렷한 내가 사는 곳
축복의 땅이라는 걸
오늘도 감사함으로
미풍의 바람을 맞이한다

살짝 볼을 어루만지고
지나가는 바람결에도
미소로 화답하는 내 모습이
당당한 시골 아낙이어라

아마도 제일 행복한 여자가
나 아니고 어디에 또 있으랴
내 마음자리 안락하고 평화로우면
그게 지상낙원 아니겠는가?

민들레꽃

길가에 흐드러지게 핀 민들레꽃
노란꽃이 지천이다

간간이 하얀 민들레꽃 보면
토종꽃이라 반갑다

꽃말이 예뻐서 그런가
내 사랑 그대에게 드려요

바람이 불면 꽃씨는
낙하산 되어 멀리멀리 날아가겠지

살랑살랑 봄바람 타고
민들레꽃 마구 설레겠지

어디로 갈까 그리운 임 찾아
훨훨 날아 그 품에 포근히 잠들겠지

잘 가라 민들레 꽃씨
둥둥 멀리멀리 떠나 노란 꽃을 피우렴

청정고을 평창

등산 가방 짊어지고 샤방샤방
둘레길을 나선다
발걸음도 사뿐사뿐 눈길이 닿는 곳
왜 이리도 고울까
하늘의 선녀가 내려와 한바탕
꽃춤을 추었을까

길가에 흐드러지게 핀 가로수
벚꽃길 꽃비 송송
산새 지저귀는 숲길 쉼터엔
옹달샘이 흐른다

가는 곳마다 마음은 즐거움으로
풍덩풍덩 빠지고
이리 좋은데 왜 산행을 안 했을까
도란도란 계곡물 콸콸 수잉수잉
한강으로 달린다
맑은 공기에 심장을 던지고
하늘과 바람과 함께이어라

즐거운 나의 집

빌딩도 아파트도 부럽지 않네
어쩜 집 둘레길 요리도 예쁠까

눈길 가는 곳마다 푸름이고
눈길 머무는 곳마다 꽃밭이고

향긋한 꽃내음이 진동하는 마당
벌 나비도 꿀 따고 사랑찾네

살포시 봄이 익어가는 둘레길
꽃향기에 어질어질 이어라

나의 손길 녹아든 곳이기에
정겹고 잔잔한 이야기가 있다

이 좋은 계절에

상큼한 계절 녹색의 물결에
푸름이 반짝반짝 빛이나
여름으로 가는 길 곱디곱다

써레질한 논에는 물 가득하고
한해의 먹거리 모내기 준비로
꿈을 심느라 들녘이 바쁘다

작은 농로에 경운기 다니고
트랙터로 일하는 모습들이
정겹고 마냥 즐거워 보인다

이 호젓한 옛길을 친구 찾아
나들이 나선 지금 내 맘 가득
푸름과 싱그러움으로 채워본다

혼자가 아닌 둘이라서 즐겁고
신이나 눈빛도 덩달아 시야에
가득 찬 풍경에 호강을 한다

바람 불어 좋은 날

산들산들 바람이 불어
농작물과 친구하재요

옥수수 잎도 좋아라
감자 싹도 좋아라

향기 품은 더덕도
남실남실 너울춤

연약한 친구들
아프지 않게

살랑살랑 한들한들
춤추며 노닐다 가렴

자주 꽃 하나, 둘
피워주는 감자야

주머니 속 가득가득
알찬 대가족 품어보렴

가을을 준비하며

한 움큼의 단잠에서 깨어난 뒤
국도로 살금살금 드라이브
노오란 고들빼기 꽃 찾는다

쌩쌩 달리는 자동차 길에
노란 꽃 한 아름 가득 피운
고들빼기 한들한들 출렁인다

날 반기듯 어서 오라고
안아달라고 애원하듯
그 예쁜 아가들 가득 담았다

예쁜 씨앗들 소중히 다루어
감자 수확 뒤 파종하여
가을의 기쁨을 준비하련다

어느 님의 곁으로 찾아가려나
고들빼기김치 맛있게 담가서
이름표 달고 시집 보내줘야지

춘천의 명물 닭갈비

오후 점심으로 식당 배회
예쁜 집 찾아서 춘천의 명물
닭갈비로 향한다

맛있는 집으로 선정된 곳
손님들로 왁자지껄 붐비고
우리 부부 귀퉁이 한쪽 자리

지글지글 익어가는 닭갈비
떡 골라 먹고 고구마 먹고
순서대로 골라 먹는 맛

명장 이름값은 제대로인 듯
얼큰하고 알싸하니
그 맛 또한 일품일세

혼자가 아닌 둘이라서
더 좋은 인생길에 동행은
언제나 소소한 이야기가 흐른다

넝쿨장미 담장

긴 담장 길에 빨강 꽃
가득 피워낸 넝쿨장미
어여뻐라, 어여뻐라

누굴 기다리고 있기에
함박웃음 가득 머금고
각시님이 오시려나

은은한 향이 코끝을 자극하고
한 자락 곱게 곱게 퍼진다

짙게 드리워진 담벼락
소담스런 주먹 송이들
사랑을 부르고 유혹하네

이 좋은 계절 오월에
꿈과 사랑이 영글어
장미향에 취해 행복하길

양귀비꽃

파란 하늘에 몽실몽실
하얀 꽃구름 피어나고
온통 붉은 빛으로
물결치는 양귀비꽃

들판 가득 빨강 꽃으로
나비가 날듯 나풀나풀
어지럽게 춤을 추며
아름다운 자태 유혹한다

어쩌면 좋을까
천하일색의 양귀비
그 명성을 일깨워줌일까
참 아름답다

붉게 타오르는 벌판 눈에 담으려
한 컷 사진으로 찍어
양귀비 담아본다

사랑의 씨앗을 나누는 행복한 시심

최 봉 희(시조시인, 글벗 편집주간)

 농부는 흙에 씨를 뿌리고 시인은 사람의 가슴에 씨를 뿌리는
사람이다.
 말과 글은 그 사람의 인격의 씨앗이다.
 종자는 신께서 창조하신 고귀한 생명이고 우리와 함께 살아가
는 동반자다.
 ― 신광순(종자와 시인박물관 관장)

 이글은 경기도 연천 고문리에 위치한 '종자와 시인박물관'
에 벽에 걸린 액자에 담겨 있는 글이다. 관장이신 신광순
시인의 철학이 담겨 있는 글이면서 씨앗과 문학은 어떤 연
관성이 있는지 명확하게 설명해 주는 글이기도 하다.
 씨앗은 신께서 창조하신 고귀한 생명이듯이 글말은 우리
가 삶을 이끄는 중요한 원동력이란 의미다. 글말이 사람의
인격의 담긴 씨앗이듯이 생명의 근원인 씨앗과 삶의 근원
인 글말은 본디 같은 것이라는 의미이기도 하다.
 그런 의미에서 시인의 사명은 무엇이어야 하는지 명확하

게 드러나는 글이라서 필자가 공감하는 글이기도 하다.

송연화 시인이 2019년 연말에 다섯 번째 시집 『나의 사랑, 나의 인생』을 출간하게 되었다. 그의 시집을 읽으면서 송연화 시인은 '사랑의 씨앗을 나누는 행복한 삶'을 사는 시인임을 다시금 확인하면서 자신의 감성을 진솔하게 표현하고 있음을 깨닫게 되었다.

더욱이 글벗문학회에서 '종자와 시인 박물관' 시비 건립 추진 작품으로 그의 시 「꽃물」을 추천하는 반가운 소식도 있었다.

필자는 이미 송연화 시인의 첫 번째 시집인 『돛단배 인생』과 두 번째 시집인 『아름다운 동행』을 통해 그의 시적 경향을 분석한 바 있다.

첫 번째 시집 『돛단배 인생』에서는 '사랑의 아픔을 행복으로 빚은 시심'이라고 명시하면서 그 사랑은 '기다림'과 '축복', 그리고 '신비로운 행복'이라고 밝혔다.

두 번째 시집 『아름다운 동행』에서는 그의 시적 경향과 특성을 '음성상징을 살린 체험적 풍경과 나눔의 행복'으로 밝힌 바 있다. 그의 시에는 체험에 우러난 시심을 음성상징을 사용하고 있으며 행복한 나눔으로 사랑을 실천하고 표현하는 시인이라고 분석했다.

그러면 다섯 번째 시집 『나의 사랑, 나의 인생』은 어떤 경향을 담고 있을까?

한 마디로 시인의 시적 경향이 변모하고 있다는 점에 주목하고 싶다. 지금껏 그의 시의 특징은 사실적인 묘사와 진솔한 고백의 형식을 지닌 시에 머물고 있었다. 그러나 이번 시집의 경우, 간결한 시나 압축적인 시조의 형식으로 변모해 가고 있다는 점에 주목하게 된다. 그것은 그의 삶의 변화이기도 하고 삶에 대한 성찰을 통한 개인적인 성장이기도 하다. 한마디로 이순의 나이에 끊임없이 시를 배우려는 열정과 새로운 변화를 통한 자기 변신을 시도하는 것이기도 하다.

그의 시 「내 고향 정선」과 최근에 발표한 시조 「내 고향」을 살펴보자.

충절의 효가 살아있는
아우라지 정선의 숨결
아리 아리 아라리요

저 강 건너 마을 왕래는
사공의 뱃놀이로
어기여차 어기여차

굽이굽이 강물 따라
한 많은 정선 아리랑
입으로 부르고 전해져

그 명맥 이어 유산 지키고
대대손손 이어 달리기

세계 유산 등재하였다네

유네스코 인류 무형문화 유산
신명나게 불러보세
아리랑 아리랑 아라리요
　- 시 「내 고향 정선」 전문

내 고향 두메산골
정선 골짜기라네

아리랑 노랫가락
입으로 전수되어

오늘도 불러봅니다
아리랑 아라리요
- 시조 『내 고향』 전문

수놓은 서쪽 하늘
짙게 물들인 노을

내 마음 블랙홀에
깊게 빠져 허우적

해넘이

서쪽 하늘은
물이 올라 아름답다
 - 시조 「저녁노을」 전문

 -

그의 시적 경향이 확실하게 달라지고 있다는 것에 주목한
다. 지금 우리 사회에 다가온 4차 산업혁명 시대에 무엇보
다도 중요한 변화는 불확실한 삶 속에서 공감과 혁신이 필
요한 상황이 되었다. 이 상황을 극복할 수 있는 방식은 '삶
의 변화'라고 생각한다. 기존의 삶의 틀에서 벗어나 끊임없
이 변화하고 새로운 상황에 적응해야 한다.

그러면 시인으로서 변화는 무엇을 추구하는 것일까? 그것
은 다름 아닌, 나를 성찰하는 삶 속에서 간결하고도 명확
한 삶의 표현방식으로 전환하는 것이었다. 그것은 다름 아
닌 시 형식을 추구하면서도 또 다른 장르인 시조형식의 선
택이었다. 일반적으로 길게 늘어놓는 산문시에서 벗어나
간결한 시로 변화를 꾀한 것이다. 독자에게 쉽게 다가갈
수 있는 방식은 무엇일까? 그 존재를 명확하게 인식시킬
수 있는 또 다른 방식일 것이다. 그것은 다름 아닌 시조
형식을 선택한 것이다.

지금껏 그의 시의 특징은 사실적인 묘사와 진솔한 고백의
형식을 지닌 시에 머물고 있었다. 그러나 이번 다섯 번째
시집의 경우, 간결한 시나 압축적인 시조의 형식으로 변화
하고 있다는 점에 주목하게 된다. 그것은 그의 삶의 변화

이기도 하고 삶에 대한 성찰을 통한 개인적인 성장이기도 하다. 한마디로 이순의 나이에 끊임없이 시를 배우려는 열정과 새로운 변화를 통한 자기 변신을 시도하는 것이기도 하다. 그것은 어쩌면 진정한 사랑을 극복하기 위해서는 산도 건너고 강도 건너가야 하는 삶의 형식의 변화일 수도 있다. 그에게는 적극적인 변신과 노력이 필요한 상황이다.

　　그리움은 저녁노을처럼
　　가슴에 짙게 물들이고
　　애써 보고픔을 삭이며
　　소소한 일상 속으로 빠져 든다

　　사랑 하나로 아픔도 송두리 채
　　잊을 수 있다면 그런 사랑
　　선택하리라 기꺼이
　　산도 넘고 강도 건너보자
　　- 시「사랑아, 내 사랑아」일부

　그의 시의 두 번째 특징은 음성상징을 활용한 역동적인 표현기법을 계속해서 활용하고 있다. 독자들에게 그 감성을 제대로 전달하고자 맑고 깨끗한 소녀의 심성을 활용한 음성 상징어를 선택하고 있다. 이는 송연화 시인의 독특한 매력이자 그가 지닌 시적 특성이라고 할 수 있다.

어디로 가야할 지 사방천지
꽃 축제로 요란스레 들썩이고
마음은 동구 밖을 벗어났지요

구름 타고 어화둥둥 여행길
내 눈은 하염없이 빈 하늘만
쳐다보며 꽃 몸살이 오려나 봐요
　－ 시 「꽃몸살」 일부

　그는 신나는 마음을 '어화둥둥'으로 신바람을 내고 있다.
'어화둥둥'은 노래를 하면서 아기를 어를 때 사용하는 말이
다. 그런데 이런 음성 상징어는 언제 사용하는 것일까?

좋아라, 신나라만 아닐진대
늘 밝음으로 가족들 챙기는
넉넉한 성격의 소유자
어화둥둥 내 사랑
　－ 시 「내 사랑」 일부

　그는 행복한 순간, 감동이 벅차오르는 순간에 음성 상징
어를 적극 활용하고 있다. 여러 사람들과 어울려서 들뜨고
아주 기분 좋을 때 사용하는 어휘인 '어울렁더울렁'을 사용

하고 있다.

> 보라 색깔의 고운 꽃
> 줄기 뻗어 하늘 향해
> 쭉쭉 오른다
>
> 줄기 새끼 꼬이듯
> 여러 형제들
> 어울렁더울렁
>
> 새벽녘 이슬 머금고
> 따따따 나팔수 되어
> 단잠을 깨우네
> – 시 「나팔꽃 사랑」 일부

이밖에도 송연화 시인이 의성어, 의태어, 첩어 의한 음성 상징어를 사용한 사례를 나열하면 다음과 같다.

> 살랑살랑, 사뿐사뿐, 낭창낭창(가는 막대기나 줄 따위가 조금 탄력 있게 자꾸 흔들리는 모양), 슬렁슬렁, 나풀나풀, 자박자박, 조곤조곤, 오르락내리락, 간질간질, 너랑 나랑, 알록달록, 방실방실, 조롱조롱, 울컥울컥, 둥실둥실, 한 올 한 올, 꼬물꼬물, 웅성웅성, 무럭무럭

이처럼 시인이 의성어와 의태어를 활용한 음성 상징어를 적극적으로 사용하는 이유는 무엇일까?

또한 음성 상징어의 사용은 음성 상징어의 활용과 대조적 표현은 우리말의 아름다움을 살려낸 표현으로, 여성 특유의 섬세한 감각을 돋보이게 한다.

시 작품은 추상적 개념을 구체적으로 시각화한 발상과 표현이 절대적으로 필요하다. 추상적 개념을 구체적 사물로 형상화하여 운율적 발상을 가미하면 시의 운율을 형성하여 시를 더욱 돋보이게 하는 것이다. 특별히 우리말 의태어와 의성어, 첩어를 절묘하게 구사하여 시인의 섬세함이 드러날 수 있는 것이다

음성 상징어는 주로 소리, 동작 형태를 모사하는 것으로 구체적이고 감각적인 표현의 수단의 하나이다. 상징어는 국어에 특히 발달 되어 있어서 음상의 차이에 의해 다양하게 분화될 수 있다. 그러면 음성 상징어의 효과는 무엇일까?

첫째는 생기 있게 살아 움직임을 느끼게 하는 '생동감'을 동반한다는 점이다. '기차가 달려간다.' 보다는 '기차가 칙칙폭폭 달려간다.'라는 말이 구체적으로 상상할 수 있고 생동감을 살려 주는 것이다.

둘째는 분위기를 형성한다. 문학에서의 분위기는 다양한 방식으로 구현할 수 있다. 구체적인 이미지인 심상은 분위기에 많은 기여를 한다. 의태어는 시각적 이미지, 의성어는

청각적인 이미지와 결부된다. 따라서 소리나 동작의 형태를 모사하는 상징어는 감각적 표현을 풍부하게 해주는 것이다. 마치 '두근두근'이 설레거나 불안한 상황을 말한다면, '살금살금'은 뭔가 조심스러운 상황을 말한다.

셋째는 음악성이다. 의성어와 의태어는 주로 같은 어휘가 두 번 이상 반복되는 구조를 갖고 있다. 예를 들면 살랑살랑, 사뿐사뿐, 조곤조곤, 간질간질, 알록달록 등은 운율을 형성하는 데 크게 기여한다.

햇볕 쨍쨍 맑고 청명한 날
우수수 꽃비 내린다
나풀나풀 나비처럼
사뿐사뿐 곱게 앉는다

검은 아스팔트 위에
하얀 융단을 깔아놓은
꽃길이 새롭게 열렸다
고운님 어서 오라고

축복의 이 길을
정다운 임의 손을 잡고
자박자박 거닐며
사랑을 속삭여봐야지

바람아 제발 불지 말아라
고운님의 길
서럽지 않게 오래오래 꽃길
사랑하며 낭창낭창 살아보게
  – 시 「아파트 위의 꽃길」 전문

시에서 보는 것처럼 시인이 사용하는 음성 상징어는 어린 동심처럼 작가의 심성과 연관되어 있다고 할 수 있다. 소녀처럼 행복한 기운이 돌거나 신나는 상황일 때 음성 상징어를 적극적으로 활용하고 있다. 다시 말하며 행복한 상황일 때는 음성 상징어를 많이 사용하고 있음을 알 수 있다. 그만큼 시인의 시적 감흥이 넘쳐나고 있다고 보아도 무방하다. 그만큼 시인은 행복한 상황이 많이 일어나면서 그 감격이나 감동을 글로 표현하지 않을 수 없는 것이다. 어쩌면 그런 상황이 일어나면 일어날수록 시는 더욱 맑고 밝은 느낌으로 표현되는 것이다.

마당에 들깨 모종 파종해 놓고
스프링클러 돌리고 돌리고

물보라 따라 곱게 뜬 오색 무지개
마당에 예쁘게 무지개가 떴어요

가리개막 안에는 꼬물꼬물
들깨가 발아되어 뾰족이 고개를 들고

웅성웅성 노랗게 속닥이며 요동을 쳐요
어떤 모습으로 오는지 궁금하지만
참새 떼 올까봐서 참아보지요

요즘 마당 둘레길
마술 같은 신비 속에
자연과 어우러진 농작물
무럭무럭 익어가요
   - 시「무지개가 떴어요」전문

 결론적으로 송연화 시인은 행복을 나누는 시인이다. 언제
나 이웃에게 사랑의 씨앗을 나누기 위해 언어는 물론이고
마음을 담은 농산물로 사랑을 실천하고 있다. 특별히 그의
시에는 맑은 음성 상징어를 활용하여 행복의 언어를 구사
하고 있다. 그것은 송연화 시인만의 갖는 사랑과 행복의
표현방식인 것이다.
 바람이 있다면 그의 사랑의 씨앗이 독자들에게 널리 뿌려
져서 행복이 가득한 노래로 온 누리에 계속 회자 되었으면
한다. 열정적인 창작활동에 존경의 마음을 표하면서 더불
어 문운이 활짝 펼쳐지길 응원한다.

■ 글벗시선 90 송연화의 다섯 번째 시집

나의 사랑 나의 인생

인 쇄 일 2019년 12월 30일
발 행 일 2019년 12월 30일
지 은 이 송 연 화
펴 낸 이 한 주 희
펴 낸 곳 도서출판 글벗
출판등록 2007. 10. 29(제406-2007-100호)
주　　소 경기도 파주시 와석순환로 16,(야당동)
　　　　　롯데캐슬파크타운 905동 1104호
홈페이지 http://guelbut.co.kr
E-mail juhee6305@hanmail.net
전화번호 031-957-1461
팩　　스 031-957-7319
가　　격 15,000원
I S B N 978-89-6533-125-4 04810